【国色天香】

邓敬民

海峡出版发行集团
福建美术出版社

DENG JING MIN
XIEYI MUDAN XUAN

写意牡丹选

U0094093

邓敬民 1964 年生于四川成都，武汉大学文学学士，四川省诗书画院特聘画师。

主要作品：《石窟梦幻佛像系列》《石窟梦幻佛龛系列》《东方意禅山水系列》《田园牧歌系列》《窗外世界花鸟画系列》《回望敦煌系列》等。其作品题材广泛，手法多样，集工笔、写意人物画，青绿、写意山水画和工笔、写意花鸟画为一体，尽显个人风格。

作品入选《中国当代美术全集·重彩卷》，出版有《名家名画·邓敬民中国画作品》《大匠之门·邓敬民石窟梦幻系列》《中国当代名家画集——邓敬民》《邓敬民青绿山水画》《荷色生香——邓敬民写意荷花选》等个人专集和合集十余部。

窗外世界

在我住的老式公寓里没有阳台，窗台便成了我的梦想之地。我将所有的窗台支起了花架，有几十种花木在这里安家，其中长得最快的是竹子，真有点"一顷含秋绿，森风十万竿"之景。十万竿是不可能了，几十竿就让窗前见不了月！莲荷为我所爱，见到荷塘，就想起杨万里的"接天莲叶无穷碧，映日荷花别样红"。莲花清净无染，民间寓意和谐、和睦、和气生财等美好愿望。曾买过一盆观赏荷，虽不能见到满塘莲荷、鱼水同戏的美景，但窗外微风拂过，让人感到"微风摇紫叶，清露拂朱房"的美感。艳丽、清芬的牡丹，幽远的兰花都在我的窗前留下了别样的记忆。

冬去春来，花开花落，这里已经变成了鸟儿、昆虫的乐园。初春来时，一些不知名的野花、杂草先有了春意，本想将它们斩草除根，但转念一想，这些都是鸟儿的杰作，春华秋实，它们是生态的传播者，乐善存心，就顺其自然吧！

疏于管理的几年，窗前已经变成了另一番景致，一片花草、鸟儿、昆虫的共生之地，每天我定时喂食，鸟儿越聚越多，虽是野生，却像家养，有了灵性。它们怡然自乐，麻雀、土画眉等都已是常客，晨晓在鸟儿的百啭千声中被催醒，犹如"檐前花拂地，竹处鸟窥人"。或许早起的鸟儿有虫吃，我也成了惜寸阴，朝夕勤修者了。

在陪伴这些花木、鸟儿、昆虫的同时，它们的一颦一啼，已铭记在心，胸有成竹，早有将它们绘于纸上的冲动。窗外的世界真精彩，而今这片梦想之地，正等着我去探索、描绘、展示它精彩的一面。

邓敬民

花开富贵　69cm×69cm

和谐 35cm×35cm

细 语　69cm×34.5cm

丽日春光　69cm×46cm

万里送香　69cm×46cm

晨　　35cm × 35cm

福寿图　69cm×46cm

沉醉东风　35cm×35cm

锦绣满园　69cm×69cm

吉祥图　69cm×34.5cm

牡丹花品冠群芳　69cm×34.5cm

金色满园　69cm×69cm

姹紫嫣红　69cm×69cm

嫣红欲醉　69cm×34.5cm

春　晓　69cm×34.5cm

清　韵　35cm×35cm

名花倾国　69cm×34.5cm

春 韵　69cm×46cm

悦　春　69cm×34.5cm

初　春　69cm×34.5cm

朝　露　69cm×34.5cm

春　晖　69cm×34.5cm

富贵白头　69cm×69cm

竞飞图　69cm×69cm

状元红　69cm×46cm

朝　露　69cm×69cm

锦绣天香　69cm×69cm

国色多姿　69cm×69cm

晴阳高照　69cm×34.5cm

此物疑无价　69cm×69cm

逸　韵　34.5cm×138cm

春风图　69cm×34.5cm

娇 艳　69cm×69cm

绿艳闲且静　34.5cm×138cm

花开富贵　34.5cm×138cm

红艳欲滴　69cm×34.5cm

富贵白头　69cm×34.5cm

嫣红欲醉　69cm×46cm

富贵白头　69cm×34.5cm

明媚春光　69cm×34.5cm

锦绣春色　69cm×34.5cm

绿艳闲且静　69cm×34.5cm

疑是洛川神女作　69cm×69cm

迎春图　69cm×46cm

锦绣富贵图　69cm×138cm

微　风　69cm×46cm

相辉图　34.5cm×138cm

占尽春风　34.5cm×138cm

牡丹飞蝶　69cm×46cm

清 韵　69cm×46cm

晓风近霞　69cm×34.5cm

清 风　69cm×46cm

初 春 69cm×46cm

图书在版编目（CIP）数据

国色天香 ：邓敬民写意牡丹选 / 邓敬民著 . -- 福
州 ：福建美术出版社，2021.3
　ISBN 978-7-5393-4211-5

　Ⅰ．①国… Ⅱ．①邓… Ⅲ．①牡丹－花卉画－作品集
－中国－现代 Ⅳ．① J222.7

中国版本图书馆 CIP 数据核字（2021）第 021684 号

出 版 人：郭　武
责任编辑：沈华琼　郑　婧
封面题字：彭先诚

国色天香——邓敬民写意牡丹选

邓敬民　著

出版发行：福建美术出版社
社　　址：福州市东水路 76 号 16 层
邮　　编：350001
网　　址：http://www.fjmscbs.cn
服务热线：0591-87669853（发行部）　87533718（总编办）
经　　销：福建新华发行（集团）有限责任公司
印　　刷：福州万紫千红印刷有限公司
开　　本：889 毫米 ×1194 毫米　1/12
印　　张：4.33
版　　次：2021 年 3 月第 1 版
印　　次：2021 年 3 月第 1 次印刷
书　　号：ISBN 978-7-5393-4211-5
定　　价：48.00 元